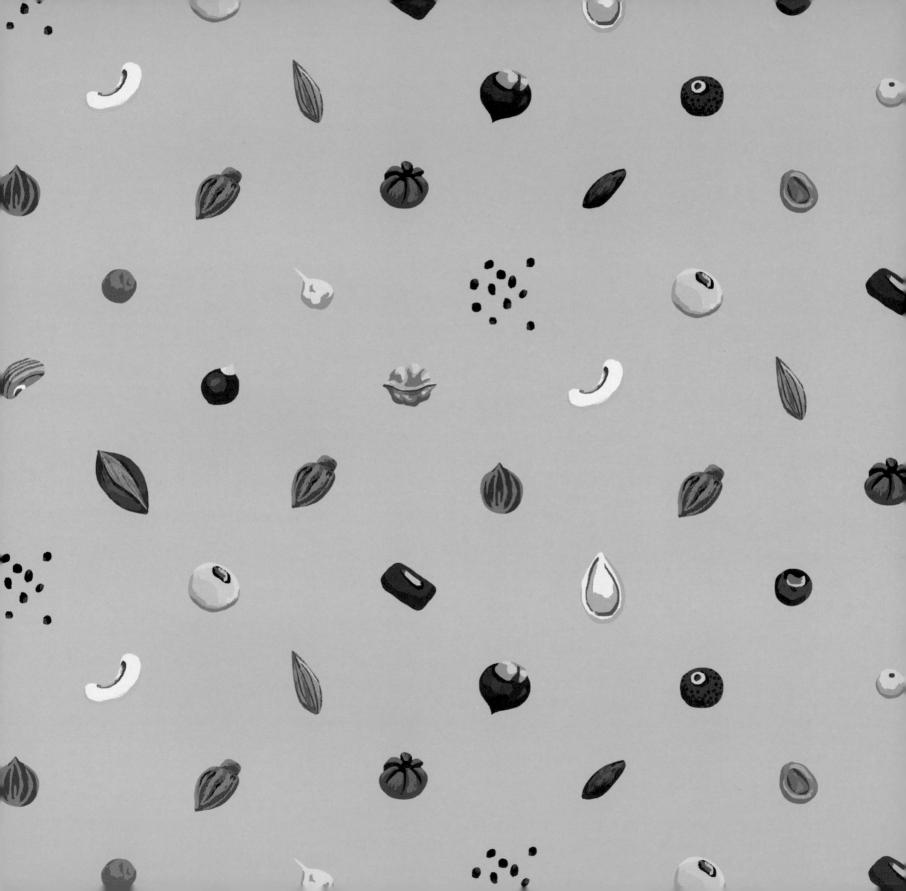

長ㄓㄤˇ 大ㄉㄚˋ 是ㄕˋ 怎ㄗㄣˇ 麼ㄇㄜ 一ㄧ 回ㄏㄨㄟˊ 事ㄕˋ 呢ㄋㄜ？

插畫家 🕊 黃舒玄、葉育菖

編劇 🕊 黃舒玄

爺爺說：「小小，又長一歲囉，要乖乖長大唷。」說完，他交給小小一顆黃色種子。

小小問：「這是什麼呢？」

爺爺說：「需要有耐心灌溉才看得見。」

小小往前走遇到了在掃落葉的爸爸，
爸爸從口袋拿了一顆綠色種子作為禮物。

小_{ㄒㄧㄠˇ}小_{ㄒㄧㄠˇ}問_{ㄨㄣˋ}： 「 這_{ㄓㄜˋ}是_{ㄕˋ}什_{ㄕㄣˊ}麼_{ㄇㄜ˙}呢_{ㄋㄜ˙}？ 」

爸爸說：「需要放入愛心才看得見。」

於山是戸，小小丁小丁將種子戸好好地收收到到口袋中。

小ㄒㄧㄠˇ小ㄒㄧㄠˇ走ㄗㄡˇ到ㄉㄠˋ了ㄌㄜ每ㄇㄟˇ天ㄊㄧㄢ都ㄉㄡ會ㄏㄨㄟˋ經ㄐㄧㄥ過ㄍㄨㄛˋ的ㄉㄜ大ㄉㄚˋ樹ㄕㄨˋ下ㄒㄧㄚˋ。

鎮上那棵春天才種下的樹開花了，
小小心想著：
「需要多久的時間才能長成這麼大棵的樹呢？」

路ㄌㄨˋ過ㄍㄨㄛˋ的ㄉㄜ˙藍ㄌㄢˊ鵲ㄑㄩㄝˋ落ㄌㄨㄛˋ下ㄒㄧㄚˋ了ㄌㄜ˙一ㄧ棵ㄎㄜ種ㄓㄨㄥˇ子ㄗ˙。
小ㄒㄧㄠˇ小ㄒㄧㄠˇ心ㄒㄧㄣ想ㄒㄧㄤˇ著ㄓㄜ˙：「這ㄓㄜˋ個ㄍㄜ˙又ㄧㄡˋ是ㄕˋ什ㄕㄣˊ麼ㄇㄜ˙呢ㄋㄜ˙？」

到了學校，老師拿出了一個禮物送給小小。

小ㄒㄧㄠ小ㄒㄧㄠ打ㄉㄚ開ㄎㄞ禮ㄌㄧ物ㄨ，
發ㄈㄚ現ㄒㄧㄢ裡ㄌㄧ頭ㄊㄡ裝ㄓㄨㄤ著ㄓㄜ一ㄧ顆ㄎㄜ黑ㄏㄟ色ㄙㄜ的ㄉㄜ種ㄓㄨㄥ子ㄗ，
小ㄒㄧㄠ小ㄒㄧㄠ問ㄨㄣ老ㄌㄠ師ㄕ：「這ㄓㄜ是ㄕ什ㄕㄣ麼ㄇㄜ呢ㄋㄜ？」

老師說：「需要勤勞努力，才能看見成果喔！」

小小問媽媽：
「該怎麼做才能讓它們長大呢？」

媽媽教小小：
「種子長大需要這些步驟唷！」

小ㄒㄧㄠˇ小ㄒㄧㄠˇ對ㄉㄨㄟˋ種ㄓㄨㄥˇ子ㄗˇ們ㄇㄣ說ㄕㄨㄛ：「快ㄎㄨㄞˋ快ㄎㄨㄞˋ喝ㄏㄜ水ㄕㄨㄟˇ唷ㄛ，
好ㄏㄠˇ好ㄏㄠˇ地ㄉㄜ長ㄓㄤˇ大ㄉㄚˋ。」

泥土上開始有了動靜，冒出了小芽，
小小很開心。

小小持續地照顧著種子們，
每天澆水、拔草、施肥。

下_{ㄒㄧㄚ}大_{ㄉㄚ}雨_ㄩ了_{ㄌㄜ}。

小_{ㄒㄧㄠ}小_{ㄒㄧㄠ}說_{ㄕㄨㄛ}：「別_{ㄅㄧㄝ}怕_{ㄆㄚ}別_{ㄅㄧㄝ}怕_{ㄆㄚ}，有_{ㄧㄡ}我_{ㄨㄛ}在_{ㄗㄞ}呢_{ㄋㄜ}！」

某天放學回家，終於知道這些神秘種子
原來是仙人掌、向日葵、櫻桃、玉米。

爺爺問：「照顧植物的這段時間有什麼心得嗎？」

小小說：「很辛苦，總是在想他們會不會受到天氣和小動物攻擊，或是有沒有喝飽水呀……，但是看到成果很開心。」

爺爺說：　「爸爸媽媽照顧你也是喔，
需要耐心和愛心照顧你長大，
有時候很辛苦，　但看到你健健康康的成長，
大家也很開心。　」

小小向大家說：「謝謝家人的照顧，讓我每天開心地好好長大。」

大家欣慰地說：「小小長大了呢！」

妹妹問道：「這是什麼種子呢？」

小小說：「需要耐心、愛心和勤勞的照顧才會知道唷，我來教你吧！」

黃舒玄

Susuw

一名自由工作者，著迷於大自然、植物，透過觀察發現更多美好。作品合作多為平面設計、插畫應用繪製。

更多Susuw的作品及聯絡方式請到

https://grace00199.wixsite.com/issusuw

葉育菖

Chaan

插畫創作者和接案工作者，作品融合手繪的紋理和電繪的鮮明色彩，為童書、文學短文、雜誌繪製過插畫。

更多Chaan的作品及聯絡方式請到

www.cargocollective.com/chaan-illustration

給父母、老師、孩子們
的腦力激盪時間

一起來回答問題
完成任務吧！

回答問題

愛與感謝 ★

照顧植物需要愛心和耐心，就跟爸爸媽媽照顧我們一樣。
好好感謝爸爸媽媽吧！

種子 ★★

大家還記得小小從哪些人的手上拿到種子嗎，順序是什麼呢？

匆ㄘㄨㄥ忙ㄇㄤˊ　★ ★ ★

種ㄓㄨㄥˋ植ㄓˊ植ㄓˊ物ㄨˋ有ㄧㄡˇ什ㄕㄣˊ麼ㄇㄜ˙步ㄅㄨˋ驟ㄗㄡˋ呢ㄋㄜ˙？
和ㄏㄢˋ小ㄒㄧㄠˇ小ㄒㄧㄠˇ一ㄧˋ起ㄑㄧˇ來ㄌㄞˊ當ㄉㄤ小ㄒㄧㄠˇ農ㄋㄨㄥˊ夫ㄈㄨ吧ㄅㄚ˙！

植ㄓˊ物ㄨˋ　★ ★ ★

你ㄋㄧˇ記ㄐㄧˋ得ㄉㄜ˙小ㄒㄧㄠˇ小ㄒㄧㄠˇ手ㄕㄡˇ上ㄕㄤˋ的ㄉㄜ˙四ㄙˋ顆ㄎㄜ
種ㄓㄨㄥˇ子ㄗˇ嗎ㄇㄚ˙？
四ㄙˋ顆ㄎㄜ種ㄓㄨㄥˇ子ㄗˇ長ㄓㄤˇ大ㄉㄚˋ後ㄏㄡˋ分ㄈㄣ別ㄅㄧㄝˊ是ㄕˋ
什ㄕㄣˊ麼ㄇㄜ˙植ㄓˊ物ㄨˋ呢ㄋㄜ˙？

長大是怎麼一回事呢？

書　　　名　長大是怎麼一回事呢

編　　　劇　黃舒玄

插　畫　家　黃舒玄、葉育菖

封 面 設 計　葉育菖

出 版 發 行　唯心科技有限公司

　　　　　　地　　址：台北市松山區八德路三段247號五樓之一

　　　　　　電　　話：0225794501

　　　　　　傳　　真：0225794601

主　　　編　廖健宏

校 對 編 輯　簡榆蓁

策 劃 編 輯　廖健宏

出 版 日 期　2022/01/22

國 際 書 碼　978-986-06893-3-4

印 刷 裝 訂　博創股份有限公司

定　　　價　500元

版　　　次　初版一刷

書　　　號　S002A-DHSX01

音 訊 編 碼　0000000000030003

本書內文使用的ㄅ源樣注音黑體

授權請見https://github.com/ButTaiwan/bpmfvs/blob/mas-
ter/outputs/LICENSE-ZihiKaiStd.txt